رواية

أُسطورة

الغلهلك

د. جُمان الريحاني

إهداء..

إهداء إلى النجاح الحقيقي والشهرة الحقيقية والمال الذي يجمع بعرق الجبين

ليس كل مال هو مال يستحق التباهي به

وليست كل شهرة هي شهرة حقيقية ومبنية على الحقيقة وليس على إشاعات ملفقة

وليس كل نجاح هو بجهد صاحبه

فإهداء إلى القيم والأخلاق والجهد الجهيد وإلى كل من يبذل جهدا لنيل النجاح ومهما كان حجم ذلك النجاح

جمان الريحاني

فن وحياة

كان يا ما كان في أحد الأزمان كان هنالك فنان وهو من أشهر الفنانين في عصره لقد كان ممثلا.

كان الممثل ناجحا ومحط إعجاب كل الفتيات وأيضا كل الفنانات.

تزوج ذلك الفنان من إحدى الفنانات والتي أعجب بها كثيرا، بل وربما كان قد وقع في حبها، فقرر أن

يتزوجها، ولكن ليس بصفة رسمية لبعض الأسباب والموانع التي كانت لديه.

تزوج الفنان بتلك الفنانة بعد أن كان على علاقة بها، ولفترة طويلة فقد كان يميل إليها أكثر من كونه حبا، أما بالنسبة لها فقد كان حبا وعشقا لدرجة أنها وافقت على الزواج به تحت شروطه التي وضعها.

وبعد فترة وجيزة، فلم يمر إلا أسبوع حتى انفصلا، بعد طلاقهما اكتشفت الفنانة أمرا.

بعد تلك الفترة البسيطة من الزواج اكتشفت بأنها قد أصبحت حاملا.

كان زواجهما زواجا عرفيا ولكنهما كانا على علاقة قبل الزواج، كما انه متزوج من امرأة أخرى من خارج الوسط، وتلك كانت زوجته الرسمية والتي يعلم الجميع بأمرها.

وعندما أصبحت الممثلة حاملا تشاجرا كثيرا لأنه لم يكن يريد أن يكشف سر زواجه فيغرب حياته الزوجية

ويشوه حالته الاجتماعية ويعبث بمكانته المرموقة لأنه كان لا يزال في ذروة نجاحه.

وقد اعتبر بأن الممثلة التي لطالما كانت تشكل ثنائيا معه على الشاشات اعتبر بأنها قد حاولت التلاعب به وأنها تريد أن تعلن قصة حبهما التي اعتقد بأنها كانت حبا في البداية ولكنها تحولت إلى شيء آخر.

لم يعد هذا الممثل يثق في تلك الممثلة وقطع علاقته العاطفية بها بل وقام ببيع الشقة التي كانا يعيشان فيها كما قام بتمزيق شهادة الزواج العرفي وقال لها:

هذا آخر ما لدي لأقوله لك.

يجب أن تجهضي الطفل، لأنني لا أوافق على ولادته كما أنني لن أعطيه اسمي ولو على جثتي.

لقد حزنت الممثلة كثيرا لما سمعته وحز في نفسها كل الكلام الذي قاله، لم تكن تعلم بأنه قاسي القلب إلى هذه الدرجة.

لم تجد ما يمكنها أن تقوله له فالتزمت الصمت وقد كانت تفكر في إيجاد حل أو طريقة لكي تحتفظ بذلك الطفل.

فقال لها:

لا يمكنني أن اهدم كلما بنيته من أجل طفل لا أوفق عليه ولم أكن أريده.

ألم نكن صريحين حول علاقتنا؟

لما أنت صامتة؟

هل تقصدت ما فعلت؟

الممثلة:

لا أبدا

أنا لم اقصد صدقني

الممثل:

ولكنك فعلت وتصرفاتك الآن تدل على انك فعلت عن قصد

هذه تعتبر خيانة وأنا لا أوافق على ما يجري

هل فهمت؟

لقد كنت صريحا وواضحا في كلامي منذ البداية

هل تعلمين أمرا؟

الممثلة:

ماذا؟

الممثل:

أنا لم اعد أثق بك

ولأنني لم أعد أثق فيك لا يكنني أن أعيش معك بعد الآن، علاقتنا قد انتهت وسوف يذهب كل منا في طريق.

أنت طالق.

ولن تكون لي بك أية علاقة بعد الآن.

لن تربطنا أية علاقة.

لا حب ولا حتى صداقة ولا أية علاقة على الإطلاق.

لم ترد عليه بكلمة واحد لأنها لم تكن امرأة سيئة وقد كانت تحبه حقا ولكنها كانت أيضا تحب عملها وتحافظ على سمعتها.

وليد الحب

لقد قررت الممثلة أن تحافظ على الطفل حتى وان لم يعترف به والده، حتى وان لم يحبه، فهي ستحبه نيابة عنهما الاثنان.

كما أنها لم تكن مهتمة لا باسم الممثل لكي يحمله طفلها ولا بماله لأنه كانت مقتدرة ولديها من المال الكثير.

ولم تكن لتثير فضيحة لا لنفسها ولا للممثل الذي كانت تحبه.

فهي بالرغم من ككل شيء كانت تحبه، بل ويمكن القول بأنه كان حب حياتها.

لم يكن أمامها طريقة للاعتراف بالطفل إلا أن تقوم بوضع اتفاقية مع طليقها لكي يكتبه على اسمه ولكنه كان رجلا لا يستطيع الإنجاب لأنه تعرض لحادث جعله يعاني من أمر ما وهو والبعض من أقاربه يعلمون تلك الحقيقة.

ورغم ما كان يعاني منه زوجها إلا أنه كان يمتلك المال لذا كانت هي متزوجة به.

لم يكن زواجهما عن حب بل كان اقرب لاتفاقية كان هو يوفر لها المال والرفاهية وهي توفر له الشهرة والظهور الإعلامي على أساس أنه زوج الفنانة المليارد ير ولكنه لم يكن ليكتب طفلا على اسمه وخاصة أن جميع أقاربه يعلمون بما حصل له وسوف

يتناقلون الأخبار ويفضحونه لأنه لم يكن كامل الرجولة ولا يستطيع الإنجاب بكل تأكيد.

كما أنه لم يكن ليجعل لأمواله وريثا رغم كل شيء.

كان من الممكن أن تتفق معه على أن يأخذ الطفل اسمه وان بحرمه من الميراث لأنها لم تكن في حاجة لأمواله رغم انه يمتلك أموالا طائلة فكان بالرغم من كل شيء سيعتقد بأنها تطمع في أمواله وان هذه مجرد خطة لان تأخذ أمواله.

وهذا بالطبع ما سيفكر فيه كل أقاربه الذين يطمعون بشيء من أمواله الطائلة وخاصة انه لا وريث له ولن يكون.

الشخص الذي لا يكون له أولاد يكون كل أقاربه يعيشون حالة من الطمع لنهشه وخاصة إن كان لديه بعض المال في تلك الحالة سوف يترصدون به، وهذه حقيقة وواقع.

ولكن للأسف لم تتحقق كل أحلام أولئك الطامعين لأنه
وبعد مدة طويلة سافر الرجل المليونير إلى الخارج
وأصيب بمرض بعد أن أفلست إحدى شركاته وجرته
المصيبة إلى المستشفى لينفق الكثير من أمواله على
علاجه حتى توفي ولم يترك الكثير وما تركه تبرع به
للمشفى الذي مات فيه.

نصحها مدير أعمالها بأن لا تتورط مع طليقها
الملياردير والذي يكفيه ما حدث له منها فهو كان يريد

الشهر وليس الفضائح ولكن بعد أن انتشرت إشاعات عن علاقات لها بزملائها منها الصحيحة ومنها المغلوطة فاضطر إلى إسكات كل تلك الأفواه فقرر أن ينفصلا.

لم تكن هي تريد الطلاق لأنها كانت معجبة بكونها زوجة الملياردير الذي لديه عيب مما جعله يفسح لها مجالا للحرية كبير حتى فاض الكأس.

من الإشاعات الحقيقية علاقتها بهذا الممثل والتي كان يعتقد البعض بأنه مجرد إشاعة رغم وجود شهود على أنهما تواجدا في أكثر من مكان ولكن لا يوجد دليل على أنها إشاعة أو معلومة حقيقية.

أما بالنسبة لباقي الإشاعات عن باقي الممثلين والزملاء فقد كان البعض منها من صنع مؤسسة الإنتاج للترويج للأفلام التي يتم إطلاقها فهي جزء من الحملة الإعلانية للفيلم من أجل الترويج والحصول على كم هائل من المتفرجين في قاعات السينما.

كان هذا النوع من الإشاعات يجلب الجمهور دائما إلى قاعات السينما لرؤية فيلم وراءه قصة حب حقيقية لرؤية التناغم الذي وراء التمثيل.

والبعض الآخر من صنع مدير أعمالها للتغطية عن علاقتها الحقيقية بالفنان الذي تزوجته سرا.

كان على الممثلة أن تجد حلا وليس أمامها وقت طويل.

لقد كانت في أواخر الثلاثينات وقد تزوجت مرتين علنا وستة مرات سرا.

ولكنها لم تنجب ولم تحاول الإنجاب يوما لأنه كان يوجد اتفاق قبل كل زواج.

إما أنها هي لا تريد الإنجاب لكي لا تتأخر في صنع مسيرتها الفنية الذهبية ولكي لا تعجل أمرا يعيق طريقها، لقد كان الحمل والولادة في تلك الأيام أمر يجعل الممثلة تتأخر في مسيرتها الفنية فتخسر الكثير

ويفوتها قطار الفن، فهي سوف تغيب عن الشاشات بسبب حالتها. الجسدية وهذا ما يجعلها تتأخر عن الركب بين تسارع غريماتها في إصدار الأفلام والسيطرة على الشاشة والجمهور.

لم يكن الحمل والولادة أمرا سها ولا يمكن التباهي به كما يحصل اليوم، ولا يمكن استعماله من أجل جذب الجمهور وإصدار أخبار عنه أو القيام بجلسات تصوير خاصة بالحمل وأيضا بالأمر والوليد.

لقد تغير الوضع وأصبح زواج وحمل وولادة الممثلات جزء من حملاتهن الإعلامية وجزء من الترويج لها ولكنه لم يكن ذلك في زمن مضى.

فكان عليها أن تختار والخيار الباقي أمامها هو أن تتزوج من شخص لسباب معين ولكنه يرفض وجود أطفال في ذلك الزواج.

لقد كان بعض زيجاتها مؤقتا وتم الاتفاق على مدة معينة لقضائها معها ثم يحدث الانفصال بسلام.

لم تكن تلك الزيجات مبنية على الحب لذا كانت تتحكم فيها أسباب خارجية وتحدد لها شكلها ومدتها وغير ذلك.

بحثت عن حل لتلك المصيبة ولكنها في الحقيقة لم تعد نادمة على ما حصل بل كانت تتمنى في داخلها أن تحتفظ بالطفل فهي لم تقم بهذه التجربة من قبل.

أنه إحساس جميل أن تكون هناك حيان تتنمو بداخلها.

والأكثر جمالا أن ذلك الجنين هو ثمرة حبها لذلك الممثل الذي كانت تحبه حقا كما انه كان في الحقيقة يحبها إلا انه غضب لما حدث وهذا ما جعل العقل يتفوق على القلب ولكي لا يخسر سمعته وشهرته

ومكانته الاجتماعية وأهله وكل شيء قرر أن يضحي بحبه.

لقد كان الأمر صعب ولكنه قرر أن يتابع حياته وان لا ينظر إلى الوراء، طلب من مدير أعماله والذي كان محاميا وصديقا حميا له أيضا أن يقوم بتسوية الأمور وان يحاول الخروج من هذه المعركة بأقل الفضائح.

طلب منه أن يخلصه من تلك المسألة حتى لو اضطر لدفع أموال كبيرة.

المحامي لم يكن فقط صديق الفنان بل كان صديق الفنانة أيضا، لقد كان صديقهما المشترك.

الاتفاق الأخير

زار المحامي بيت الفنانة التي كانت مع مدير أعمالها هي الأخرى واخبرها بما يطلبه الفنان.

الفنان لم يكن يطلب إلا أن تخضع لعملية إجهاض، هذا كلما كان يريدها أن تقوم به، كما انه قد أرسل لها شيكا على بياض لكي تضع المبلغ الذي تريد عليه.

كما انه يطلب منها طلبا أخيرا وهو أن يبقيا صديقين وان لا تنشأ بينهما عداوة بسبب ما حصل.

لم تكن الممثلة لتبيع جزء منها بالمال وما كانت جائعة للمال في حد ذاته.

رفضت الممثلة الشيك وأخبرته بأنه سوف تقوم الإجهاض ولكن ليس هنا بل يحب أن يتكفل بكل المصاريف، لكي تسافر إلى بلد آخر حيث تقوم بتلك العملية.

لقد فكرت في الأمر كثيرا وقررت أن لا تجلب المزيد من المشاكل إلى حياتها وليست تقصد الطفل بل تقصد العداوة مع الفنان الذي أرسل لها إشارة على ذلك عندما قال:

" اطلب منك طلبا أخيرا وهو أن نبقى صديقين وان لا تنشأ بيننا عداوة "

كانت هذه العبارة بالنسبة لها وكأنها تحمل في داخلها تهديدا أو ما يشبه التهديد.

بعد أن ابلغ المحامي الممثل بما قالته الفنانة حيث أقنعه بأن ذلك حل مثالي فقال له:

إنها موافقة على الأمر

الممثل:

هذا جيد

المحامي:

ولكنها كانت تشعر بالحزن كثيرا

الممثل:

أرجوك لا تقل ذلك

أنا لا أريد أن أسمع المزيد

كلما أريده هو أن أتخلص من تلك المشكلة

المحامي:

ولكن لديها شروط

الممثل:

لا يهم

أعطها كلما تريد

المحامي:

إنها لا تريد شيئا

الممثل:

ألم تقل بأنها لديها شروط؟

المحامي:

ولكن ليس كما تفكر

الممثل:

ماذا إذن؟

المحامي:

إنها موافقة على الإجهاض ولكن ليس هنا

الممثل:

أين إذن؟

المحامي:

في أي بلد، المهم أن لا يكون هنا

الممثل:

فليكن ذلك؟

المحامي:

وتريد منك أن تتكفل بكل المصاريف لأجل الرحلة

الممثل:

يمكننا فعل ذلك ولكن بشرط لدي أنا أيضا

المحامي:

وما هو؟

الممثل:

لا يمكنني أن أرافقها ولن أكون متأكدا من أنها قد خضعت للعملية، لذا يجب أن يرافقها شخص ما

شخص أثق فيه

المحامي:

ومن الذي تريده أن يرافقها؟

الممثل:

شخص أنا أثق فيه وفي نفس الوقت هي لا تمانع وجوده وتثق فيه أيضا.

المحامي:

من ترشح؟

الممثل:

أنا اطلب منك أنت مرافقتها

المحامي:

حسنا لا مانع لدي

الممثل:

إذن قم بكل الإجراءات وفي اقرب فرصة ممكنة رجاء

المحامي:

لا تقلق سوف يكون كل شيء على ما يرام

الممثل:

أرجو ذلك

المحامي:

اطمئن

طلب الفنان من المحامي أن يرافقها في سفرها لكي يتأكد من نجاح العملية، لأنه كان يريد أن ينتهي الأمر تماما وبشكل نهائي.

بالفعل قام المحامي بشراء ثلاث تذاكر سفر إلى إحدى الدول الأوروبية.

تذكرة للممثلة وتذكرة لوالدتها وتذكر للمحامي نفسه.

انطلقوا فرو حصولهم على التذاكر التي لم تستغرق وقتا لعلاقات المحامي الجيدة وأيضا لأن الممثلة شخصية عامة وأيضا لحصولها على موافقة استقبال أحد المشافي هناك

حلقت الطائرة والممثلة لا يعجبها ما يحدث، فهي لم تكن موافقة بإرادتها على ما ستفعله بل كانت شبه مجبرة.

لقد بدأت الممثلة تتعلق بالطفل الذي في أحشائها كثيرا، وأحبت كونها حاملا، لقد خالجتها الكثير من المشاعر

التي اكتشفتها لأول مرة، فكيف تكون بداخلها حياة تنمو، انه شعور تتمناه أية امرأة، وشعور تستحقه كل امرأة.

كما أنها قد أعجبت بفكرة أن يصبح لها طفل وان تصبح أما، انه إحساس رائع.

كما أن هذا الطفل لم يأتي بصفة غير شرعية وليس نتيجة اغتصاب أو عنف بل هو ثمرة حب صادق وطاهر كان يجمعها بالممثل.

لقد كان حبا حقيقيا من جهتها ولازالت تشعر ابنه كان كذلك من ناحية الممثل، الذي كانت تفكر في أن تصرفه ناتج عن الظروف الاجتماعية وليس كرها أو ما شابه.

لقد ذرفت الممثلة دموعا كثيرا على وسادة صغيرة وضعتها تحت رأسها في الطائرة التي تتوجه بها إلى مكان سوف تقوم فيه بعمل شنيع في حق جنين لا ذنب له إلا انه ثمرة حب نقي ورابط بين قلبين وشخصين وروحين وجسدين.

لقد كان ضميرها يؤنبها ولم يكن بيدها حيلة إلا الدموع التي لم تكن تنفس عما بداخلها.

لقد كانت تذرف الدموع بكل حرية في الدرجة الأولى في الطائرة.

عندما وصلت الممثلة ومرافقاها المحامي ووالدتها، لم تكن تلك المرأة العجوز والدتها بل كانت مربيتها التي تعتبرها كوالدة لها وهي ترافقها في كل رحلاتها وأعمالها وتقدم لها الدعم والرعاية.

توجهت الممثل إلى غرفتها في الفندق لأخذ قسط من الراحة بينما توجه المحامي إلى المستشفى لإتمام بعض

الأمور العاقلة وأيضا من أجل التأكيد على موعد يوم غد للعملية ولكن لم يكن يعلم بأنه يجب أن تخضع

الممثلة لبعض الفحوصات في البداية ومن ثم الطبيب المسئول هو من يحدد الوقت المناسب للعملية وفقا لحالتها الطبية وحالة جسدها.

في اليوم الموالي أخذ المحامي الممثلة إلى المستشفى حيث أجرت بعض الفحوصات.

ولكن في المساء قام الطبيب باستدعاء الممثلة والمحامي بدل أن يحدد موعدا.

فقد ظهرت بعض النتائج التي جعلته يشعر ببعض القلق لذا طلب أن تقوم الممثلة بالمزيد من التحاليل.

ظهرت التحاليل التي طلبها بعد يومين وهذا ما جعلهم يمددون إقامتهم إلى تاريخ غير معلوم نظرا لطلب الطبيب.

عندما علم الممثل بتلك التفاصيل وقد كان المحامي

يجعله على اطلاع بكل التفاصيل أولا بأول شعر بالقلق

ليس على إتمام المرور بل شعر بالقلق على من كانت

حبيبته وعلى صحتها.

خطة القدر

بعد مرور يومين ظهرت النتائج وتأكدت مخاوف الطبيب لقد ظهر بأن الممثلة تعاني من مرض خطير.

أخبرها الطبيب بأن الإجهاض في حالتها لا يجوز لأنه سوف يعرض حياتها للخطر.

أخبرها بأنه يجب عليها دخول المستشفى فورا من أجل إجراء تحاليل أخرى وأيضا للخضوع للمراقبة.

لقد خافت كثيرا من تلك الأخبار ولم تجد إلا أن انهارت بالبكاء، فقد كانت تحب الحياة ولم تكن تريد الموت.

بالفعل دخلت المملة للمستشفى وخضت للعلاج واتبعت كل أوامر الطبيب.

لقد اكتشف الطبيب بأنها تعاني من مرض قد يودي بحياتها وعليها الخضوع للعلاج لمدة لا تقل عن أربعة أشهر وربما قد تزيد المدة عن ذلك.

لقد تراجع الممثل عن مسالة الإجهاض وصعد على متن أول طائرة واتجه إلى حيث ترقد حبيبته وبقي بجانبها لعدة أيام.

لقد طمئنه الأطباء واخبروه بأن حالتها مستقرة ولولا اكتشاف هذا المرض في هذه المرحلة لربما حصل ما لا يحمد عقباه

لقد أجرى لها الطبيب المسئول ثلاث عمليات خطيرة ولكنها لم تكن في نفس الفترة.

زارها الممثل عدة مرات ولم يكن يحب التحدث في موضوع الطفل لأن الممثلة كانت على شفير الموت ولم يكن من المناسب التكلم في ذلك الموضوع.

لقد انتفخ بطنها والحمل بحالة جيدة جدا.

وبعد أن أصبحت حالتها أحسن بكثير طلب منها الطبيب عدم السفر على الأقل لشهرين لكي تخضع للمراقبة من أجل التأكد بأنها شفيت من ذلك المرض ولن يرجع مرة أخرى.

لقد أصبحت الممثلة في الشهر السابع من الحمل وقد جعلها الحمل تشعر بأنها أقوى وكان لديها دافع للتمسك بالحياة.

لقد أحببت ذلك الطفل كثيرا وأحببت أن تمنحه الحياة مثلما منحها الحب وكل تلك الأحاسيس ومنحها الدافع للتغلب على مرضها.

بعد أن أعطاها الطبيب الضوء الأخضر للخروج
ومواجهة العالم والعودة إلى ممارسة حياتها الطبيعية
رفضت العودة إلى بلدها وقررت البقاء هنا لأقل من
شهرين لكي تنجب هذا الطفل هنا ولترى ما يجب فعله
بالنسبة للممثل.

اتصلت به وطلبت أن يسافر إليها وقد كان يزورها
خلال مرضها على فترات متفاوتة.

عندما وصل الممثل والذي كان ودودا كثيرا معها
أخبرته الأخبار الجيدة وقد قالت له بأن جسدها أصبح

خاليا من المرض وأخبرته بقرارها بأنها لا تريد العودة إلى البلد لكي لا تتناول الصحف أخبارها بأنها حامل ومن دون زواج.

ومن ومتى وكيف؟

لم تكن تريد أن تجد نفسها على الصفحات الأولى للأخبار والفضائح وما إلى ذلك.

لذا كانت قد اتخذت قرارها بأن تبقى هنا حتى تلد.

سألها وماذا سوف تفعلين بالطفل؟

أخبرته بأن هذا هو سبب استدعائها له فهي تريد أن تخبره بما تريده لطفلهما وبالرغم من تخليه عن المسؤولية إلا أنها تريده أن يعلم مصير ابنهما.

سألها:

وفيما تفكرين؟

قالت له:

لا استطيع أن أعتني به جيدا ولن يكون لدي وقت لفعل ذلك وليس لدي اسم لأعطيه له.

لذا قررت أن أجد له عائلة جيدة لتتبناه كما أنها لن تتخلى عنه بل سوف تقدم له كل المساعدات المادية وسوف تعتني به من بعيد.

كانت هذه هي فكرتها، لقد راقته الفكرة وطلب منها أن تطلعه على كل المستجدات وان تخبره بما تجده مناسبا وسوف يدعم هذه الفكرة كما انه مستعد لتقديم كل المساعدات المادية.

التخلي بطريقة أو بأخرى

عندما عاد الممثل إلى بلاده طلب من المحامي أن يفكر معه في الأمر الذي اقترحته الممثلة.

وقبل أن تلد الممثلة مباشرة وجد المحامي فكرة للممثل لقد وجد أحدا يعرفه يعمل في المجال ولكنهم ليسو ممثلين واخبره بأنهم مستعدون لتبني الطفل وتربيته مع ابنيهما

لقد كانوا ناس بسطاء ولديهم عائلة جميلة وقرروا أن يقوموا بتبني ذلك الطفل.

بعد أو وافقت كل الأطراف الممثلة ومربيتها والممثل والعائلة الجديدة.

قام المحامي بقطع تذكرتين للرجل وزوجته للسفر مباشرة إلى هناك.

عندما وصلوا كانت الممثلة في المستشفى تلد، لقد ولدت طفلا ذكرا قويا وجميلا كانت هي تقول بأنه يشبه والده تماما.

أعطت الطفل للأم الجديدة التي لم تتعرف عليها بعد.

وبعد أن ارتاحت الممثلة قليلا وقضت بعض الوقت مع طفلها الذي لن تتمكن من العيش معه في بيت واحد سافروا جميعا عائدين للبلاد.

العودة إلى الحياة السابقة

عندما عادوا جميعا وجدت العائلة بأن الممثل قد ابتاع لهم بيتا جديدا وسيارة وقدم لهم رصيدا في البنك ولكنه فعلا لم يكن يريد أية علاقة بالطفل ولم يكن يريد الالتفات للوراء لومهما يحصل.

أما بالنسبة للممثلة فقد دخلت في حالة اكتئاب ولكن خضوع لعلاج نفسي جعلها تتفوق على كل شيء لقد ساعدها الطبيب النفسي في أن تنسى انفصالها عن طفلها بل وأقنعها بالتنويم المغناطيسي تركز على كونها ناجية من الموت وأصبح لها طفل في الحياة

ويمكنها الآن أن تركز كل اهتمامها على حياتها العملية ، عليها أن تعود إلى الساحة بقوة وان تحصد النجاح من جديد.

بعد ذلك العلاج النفسي الجيد والمجدي قامت الممثلة بنصيحة من مدير أعمالها بإجراء عمليات تجيد للمظهر لكي تعود بعد اختفاء سنة عن الشاشة والجمهور.

كان الممثل الذي كان من نجوم الصف الأول يساعدها ويدعمها من بعيد عن طريق محاميه ومدير أعماله وصديقه الوفي.

لقد جهز لها مدير أعمالها زوبعة إعلامية من أجل العودة فتعاقدت على بطولة ثلاث أفلام سينمائية ساعدها الممثل في الحصول على الأدوار بفعل صداقاته وعلاقاته في المجتمع.

كما قام مدير أعمالها بحياكة بعض الإشاعات عن علاقات حب جديدة لإضفاء بعض النار الإشهارية.

والدة في الخفاء

استمرت الممثلة في دعم ابنها دون أن تكون لها به علاقة كبيرة لأن العلاج النفسي جعلها تتخطى تعلقها به كتعلق أي أم بطفلها.

أعطى الممثل والدا طفله مبلغا كبيرا من المال عندما اشتد عليه المرض ولكنه لم يذكره في وصيته ولم يترك له من ارثه شيئا.

لقد كان الطفل يزور الممثلة في الأعياد والمناسبات وكان يراوده إحساس بأن هامه ولكنه لم يكن متأكدا

لأنه كان تحتضنه أحيانا مثلما تحتضن والدته التي قامت بتربيته بأخيه الأكبر.

وكان أيضا لا يفهم سبب زيارته لها دونا عن إخوته ولا والده بل لوحده رغم أنها كانت تعامله جيدا وتعطيه الكثير من الهدايا وتقضي معه وقتا رائعا.

لقد كانت زياراته له شهرية إلا إذا طرأ طارئ أو كان لديها مواعيد والتزامات.

الفراق الصعب

بعد وفاة والده الحقيقي تدهورت حالة الممثلة التي لم تتزوج بعده ولم يدخل أي رجل حياتها رغم أنها كانت في أوج نجاحاتها وفي عز شبابها.

بقيت تمثل لسنوات ولكن توهجها قد اختفى مع مرور السنوات، وبعد مدة فضلت الاعتزال حتى توفيت

أما بالنسبة للطفل فقد صارحته والدته الحقيقية قبل وفاتها بأنه ابنها وبأن والده ممثل ولكنها لا تستطيع أن

تخبره من هو كما انه ميت ولا فائدة من نبش الماضي

وأخبرته بأنه لم يكن يريدهما في حياته.

ميراث الفن

تركت له شقتها التي لم يبق لها سواها فقد كانت قد اعتزلت التمثيل لسنوات طويلة وكانت تعطيه المال في كل مرة لطا لم يبق لها الكثير لتنفقه على حياتها حتى ماتت

ولكن الشقة كانت في مكان جيد، وأخبرته بأنها غالية الثمن لذا نصحته بأنه يبيعها ويشتري شقة في مكان آخر وان يستفيد من المبلغ الذي سوف يبقى له من فارق ثمن الشقتين كأن يشتري سيارة مثلا.

كان للطفل طموح آخر لقد حقد على ذلك الأب الذي لم يكن في حياته وحقد قليلا على تلك الأمر التي لم تدعه يعيش معها ويتمتع بحياته معها.

قرر أن ينتقم بأن يحقق شهرة له، أراد أن يصبح ممثلا مثل والديه فلما لا.

فلو كان قد عاش مع أحدهما لكان أصبح ممثلا ولكان والداه قد سعيا لتحقيق ذلك ولكن للأسف لم يكن أي منهما يرى نفسه فيه.

لقد اعتبر أن والديه كانا أنانيين ولا يفكران إلا بنفسيهما

حلم الشهرة

قام ببيع تلك الشقة ولكنه لم يقم بفعل ما طلبته منه والدته بل اتصل بمدير أعمالها الذي كان قد أطلعه على وصية والدته واخبره بما يجب فعله لكي يستلم ميراثه.

فقد أوصته الممثلة قبل موتها بأن يعتني بابنها رغم أنه لم يعد يعمل لديها فقد أوصت عليه لكي يجد عملا في شركة إنتاج عندما اعتزلت ولكنه بقي على اتصال بها لأنهما كانت تربطهما علاقة صداقة.

عندما اتصل به اخبره بأنه يريد أن يلتقي به وفي ذلك اللقاء اخبره عن رغبته في دخول عالم التمثيل ومن أبوابه الواسعة، أراد أن يصبح من ممثلي الصف الأول.

لقد اخبره بأنه يريد فيلما بطولة مطلقة وان ترافقه حملة إعلانية كبيرة كما اخبره بأنه يريده أن يستعمل كل اتصالاته لكي يحقق له حلمه.

اخبره بأنه يترجاه لأجل المساعدة لكي يصبح ممثلا وان يحقق حلمه بأن يمشي على مسيرة والديه.

لقد مثل عليه بأنه يحب والديه كما انه اخبره بأنه يعلم من يكون والديه ويريد أن يصبح مثلهما.

وطلب منه أن يساعده ويدعمه تخليدا لذكرى والديه.

طلب منه أيضا أن يصبح مدير أعماله وعرض عليه مبلغ الشقة بالكامل أتعابا له من أجل أول بطولة.

لقد طلب منه أن يصنع منه نجما.

نجم لا مثيل له.

نجم أسطوري مثل والده.

كما أنه وعده بأنه سوف يتقاسم معه مبلغ الفيلم الأول أن كان المبلغ جيدا وإلا فانه سوف يتقاسم معه ثمن كل أفلامه الأولى التي تحقق أرباحا كبيرة.

لقد وافق مدير الأعمال على ذلك العرض المغري والذي لم يكن صعبا عليه.

لقد كان مدير الأعمال رجلا متمرسا يستطيع بسهولة ان يصنع نجما.

لقد كانت لديه خبرة لأكثر من أربعين سنة ولازال في المجال انه مدير أعمال بالدرجة الأولى ويستطيع الاعتناء بفنان بكل تفاصيل عمله.

السعي لأدوار جيدة والتفاوض على البطولة والأدوار الثانية والسعر ويستطيع الاهتمام بالحملة الإعلانية وسمعة ممثله الذي يمثله.

لازالت لديه الكثير من العلاقات والعلاقات الجيدة التي تمكنه من القيام بعمله على أكمل وجه.

وافق ورأى بأن ذلك الشاب يصلح فعلا لأن يصبح ممثلا من ممثلي جيله ومن ممثلي الصف الأول.

قام بإبلاغه بكل ما يجب عليه فعله وان يجب أن يستعد قبل أن يدخل الوسط.

عليه أن يجد له شركة إنتاجية جيدة يمكنها أن تصنع منه ممثلا وان تبذل جهدا لأجل ذلك.

وعليه أن يتدرب جيدا على التمثيل وان يصبح له نظام غذائي وتمارين رياضية مكثفة من أجل صناعة الجسد المثالي الذي سوف ينطلق به.

وعليه أن يجري بعش العمليات والتعديلات على وجهه لكي يصبح أكثر وسامة لكي تحبه الكاميرا ويحبه الجمهور أيضا.

نجم الصف الأول

بعد أن وافق مدير الأعمال على تلك الصفقة وقد قرر أن يبذل جهده لكي يصنع نجما من أجل أن يجني أتعابا جيدة من نجم مشهور.

فالعمل مع نجوم الصف الأول تختلف اختلافا كبيرا عن العمل مع أي نجم.

لقد وضع خطة محكمة ودرس الموضوع بعناية وبعد مرحلة الدراسة جاءت مرحلة التنفيذ.

كان عليهم أن يتأنوا في الخطوات من أجل تفجير قنبلة الموسوم.

أمدت التجهيزات لأشهر، ولكن الشاب لم يكن يتذمر لأنه كان بعرف جيدا بأنه في أيادي أمينة وبأن الرجل الذي يدعه وفي لصداقة والدته رغم أنه يتقاضى راتبا إلا انه كان يعامله مثل ابن له.

وقد وعده بأنه سوف يجعل منه نجما ساطعا ما عليه إلا الصبر وبذلك الكثير، الكثير من الجهد للوصول إلى غايتهما.

وبعد مرور المدة اللازمة للتجهيزات قام مدير الأعمال بالتعاقد على فيلم سينمائي من بطولة الشاب وجهزه للدور جيدا وبدا يسرب بعض الأخبار للصحافة.

لم تكن صحافة صفراء ولا صحافة غير مدروسة بل هي صحف يتعاقد معها الممثلون من أجل الترويج لأعمالهم وأخبارهم بالطرق المتفق عليها ومقابل مبالغ مالية معينة.

لقد تمت صناعة فنان جديد وبمعايير ممتازة وتم إطلاق الفيلم الذي أوصل ذلك الشاب إلى الجمهور ورافق الفيلم حملة إعلانية ضخمة.

تلك الحملة جعلت لديه جمهورا وسمعة كبيرين.

لقد كتبت عنه الصحف واعترفت به النقابات اعترفت بولادة فنان شاب جديد بمؤهلات عظيمة وموهبة ربانية وسلاسة في التمثيل وجودة لتقمص الدور وما إلى ذلك.

وهكذا أعلن مدير أعماله عن الفيلم القادم بل وأعلن عن تعاقده لبطولة ثلاثة أفلام مرة واحدة.

ضخامة الجمهور من ضخامة الإعلان

كانت الحملة الإعلانية تضخم المديح وتضخم الجمهور ويقومون بتصوير الفنان مع بعض المعجبين لكي يظهروا بأنه ممثل متواضع وهكذا.

جهز له مدير اعمله سيرة ذاتية لم يتمكن تمد للواقع بصلة.

وكانت هناك الكثير من جلسات التصوير.

والكثير من المديح عن طريق النقاد والإعلاميين.

مديح لأخلاق الفنان الشاب الصاعد ومديح لعمله وتمثيله الجيد.

لقد اكتسب سمعة جيدة وقاعدة جماهيرية كبيرة لم تكن حقيقية.

وهكذا استمر الشاب بحصد النجاح، وما هي إلا السنة الأولى حتى أصبح لديه بالفعل جمهور.

جمهور صدق كل ما تقوله الصحافة والنقاد وأصبح يتابع أخباره وينتظر أفلامه.

وبعد مرور هذه السنة أصبح بالفعل للفنان سعر، وهذا ما كان مدير الأعمال يسعى إليه.

في الحقيقة الشاب كان معتدل الطول وأصبح لديه بعد كل تلك التدريبات جسم مثالي وبفضل العمليات اصبح يمتلك وجها جميلا.

أما بالنسبة للشخصية فقد صقلها مدربو الذات والأخصائيين الاجتماعيين.

لقد أصبح مدير الأعمال يطلب مبالغ كبيرة من أجل التعاقد على الأفلام حتى عمل الفنان ثروة خلال سنتين فقط.

ولكن مدير الأعمال نصحه بأن يقوم بإنشاء شركة إنتاجية من أجل أن يتعاقد على الأفلام وفق معاييره هو وان ترجع كل الأرباح له هو بالذات.

لقد كانت نصيحة مدير الأعمال نصيحة ذهبية لكي يصبح في استطاعة الفنان أن يختار القصة والسيناريو كما يشاء.

أن يختار البوستر لوحة إعلان الفيلم وشكله ومن يظهر معه عليه.

أن يختار الممثلين الرئيسين والثانويين حسب رغبتهم الخاصة.

إن التحكم في الإنتاج لديه فائدتين التحكم في طاقم العمل وحصد الأرباح بالكامل.

وهكذا قام الممثل الشاب بالخضوع لكل ما طلبه منه مدير أعماله الذي وعده بأنه سوف يلقى خيرا كبيرا.

لم يعلن الممثل الشاب ولا مدير أعماله عن شركته الإنتاجية بل كان لها اسم مختلف عن اسم الشاب.

كما انه بعد هذه الخطوة حصد أموالا طائلة بالفعل بل وبفضل شركته الإنتاجية أصبح بإمكانه الترويج لأفلامه كما يريد وعلى كل الشاشات.

لقد أتقن الممثل الشاب هذه اللعبة وأصبح بإمكانه أن يدير الحملات الإعلانية مثلما يريد ومثلما يتمنى.

لقد اكتسب خيرة في التمثيل وإدارة اعملاه كذلك أصبح يجيد اللعبة كثيرا ويمكنه أن يتوقع النتائج.

سعر ذهبي لنجم ذهبي

وبعد أن تم الإعلان عن سعر أدواره وبعد أن أصبح لديه ذلك الجمهور العريض أتيحت تتهافت عليه المجلات التي لم تكن تابعة له من أجل مقابلة أو لقاء وذلك للجمهور الذي اكتسبه عبر السنوات.

في البداية لقد كان لا يجري اللقاءات لأن المجلات والصحف والتلفزيونات كانت هي التي تكسب من وراء هذه اللقاءات ولكن اليوم وبعد أن عرف بأنه أصبح لديه جمهور كبير.

جمهور لم يكن في البداية حقيقيا ولكن بعد كل تلك الحملات الإعلانية والأفلام والعروض فقط أصبح لديه بالفعل جمهور عريض.

وهذا بالفعل ما كان يهم القنوات التي تطلب منه إجراء المقابلات لأجل انه ناجح وكذلك لأن لديه جمهور لقد كان بمثابة السبق الصحفي.

لقد وضع له مدير أعماله سعرا مرتفعا لإجراء تلك المقابلات وقد كان يسعى لأن يجعله يظهر فقد على الشاشات المميزة وأيضا في أشهر البرامج.

وهكذا بعد مرور سبع سنوات أصبح له تاريخ سينمائي وأصبح فعلا غني جدا بل حتى انه اشترى قصرا وسيارة وأصبح لا يتردد على الأماكن العاملة ويحافظ على سمعته.

لقد كان لا يقوم بأي تصرف إلا بعد أن يستشير مدير
أعماله.

الذراع اليمن

وفي يوم لم يكن جيدا توفي مدير أعماله وهذا ما جعله يقع في مأزق لقد أصبح لا يعلم ما يجب فعله.

حقا قد كان بإمكانه أن يعرف ما يجب فعله ولكن لم يكن يستطيع أن يقود العملية بنفسه خاصة وانه كان يعتمد اعتمادا تاما على مدير أعماله.

لقد تركه مدير أعماله دون سابق إنذار حتى انه لم يقدر له النصح.

بقي بدون مدير أعمال لمدة عشرة أشهر ولم يعد يستطيع العمل فقام بتوظيف شخص ما من أجل ذلك العمل.

لم يكن مدير الأعمال الجديد مثل السابق، لم يكن كبير السن ولم تكن لديه خبرة مثل مدير الأعمال السابق وهذا ما جعله يرتكب هفوات وهذا ما جعل الممثل الشاب يوبخه مرارا وتكرارا.

ضيق أخلاقه وعدم صبره جعلت مدر الأعمال يترك العمل لديه بل وأصبح يتكلم عليه في أماكن كثيرة ويذكر ما لم يكن يذكر سابقا.

الضوء الباهت

بدأت سمعته تسوء وبدأت تتناوله الصحافة بغير المعتاد وبدأ نجمه يخف

اغتنمت بعض الشركات الإنتاجية تلك الفرصة وقامت بإغراق السوق بالكثير من الممثلين الشباب لكسر احتكار السوق الذي كان يمارسه الممثل الشاب.

وأيضا من أجل كسر سعره الذي يطلب من أجل الأفلام فقد كان ينتج في البداية بنفسه وينتظر عقودا من الشركات الإنتاجية الضخمة.

وقد سارت الخطة كما أراد البعض بالضبط.

وهذا ما جعل الممثل الشاب يبحث عن خطة للصعود إلى القمة من جديد.

كانت هناك أعين تراقبه من بعيد وقد كان مطمعا مثله مثل غيره خاصة عندما لمع نجمه.

لم يجد حلا ولم يجد شخصا يدعه بالأفكار والخطط.

فشل وفتور

وهكذا قرر أن يأخذ فترة راحة وأن يذهب إلى مكان ما من أجل الاستجمام.

لم تكن تلك فكره في الحقيقة بل ولسبب ما انهالت عليه الدعوات من أجل رحلات مجانية من الدرجة الأولى لافتتاح منتجعات وفنادق خمس نجوم و....

تم إرسال الكثير والكثير من الدعوات لمدة خمس أيام ولمدة أسبوع ولمدة عشرة أيام.

الدعوات لنفس المدينة ولأجل عدة افتتاحات لعدة أماكن ومنها مجموعة فنادق وسلسلة منتجعات.

منذ أن أصبح نجما والدعوات تأتي إلى باب بيته من كل أنحاء العالم وقد كان يلبي البعض في بعض المرات وخاصة التي يستفيد هو منها أكثر وليس الطرف الآخر الذي يذكره في المجلات والصحف فيستفيد من حملة إعلانية لتلك الأماكن بفضل النجم الشهير الذي زار تلك الأماكن.

ولكن بعد أصبحت الأمور ضيقة ولم يعد يعلم ما يمكنه فعله وخاصة بعد أن جاءت الكثير من العروض التي كأنها علمت بما يعانيه من أزمة قرر السفر لتغيير الجو.

فاصل مزيف

قرر الممثل الشاب أن يدعي بأنه مسافر لأجل التنفيس أو تغيير الجو لكي لا تتساءل الجماهير عن مكانه وعن قلة نشاطه فهل هو يعاني من أزمة ما مثلا؟

لقد كره كل التساؤلات التي تطرح عنه لذا قرر القيام لتلك الرحلة المرفهة وأراد أن يمرر للجمهور بعض الصور لكي يستعرض الرفاهية التي مازال يتمتع بها.

لم يكن يريد أن تتناوله الصحف بشكل ضعيف أو مسيء أو أن تظهر عيوبه وهفواته وأخطائه كلما ما هو في غير صالحه.

عندما قرر السفر، اتصل أحد موظفيه بالفندق للحجر وعندما علموا بذلك وفروا له كل الاحتياجات بل وأعادوا الاتصال به من أجل بعض الترتيبات.

وأخبروه أن صاحب الفنادق بحدث ذاته يشرفه تواجد هذا الفنان في بلاده وفي فنادقه لذا أرسل له طائرة خاصة لنقل في الوقت الذي يحدده الممثل الشاب.

لقد شعر الممثل الشاب بالكثير من الاهتمام والتقدير الذي افتقده منذ مدة.

أخبره بأن يرسلوا الطائرة في أقرب وقت لأنه قرر السفر سريعا من أجل الاستجمام.

وبالفعل وصل الممثل الشاب في نفس اليوم وقد تم استقباله بحفاوة، وتم تقديم أضخم جناح في الفندق له.

البريق من جديد

لم يكن يعتقد بأنه سوف تتم معاملته بهذا الشكل من جديد لقد كان يشعر بالانهيار وبأنه فقد مكانته ولكنه في هذا اليوم شعر بأن البريق قد عاد وبأنه مازال في نجاحه ويمكن للمياه أن تعود إلى مجاريها.

وبعد يوم من الراحة والرفاهية وقد تم تقديم له افخر المشروبات والعشاء واخبره مدير الفندق بأن صاحب الفنادق يدعوه يوم غد للقيام بجولة حول المنتجعات

وبقية الفنادق والمناطق الترفيهية كما انه يقوم بدعوته لعشاء خاص على شرفه في قصره الخاص.

لقد كان الممثل يشعر بالفخر والأهمية والاعتزاز.

أعجب كثيرا بسفره هذا، وكان يقول بأن أحسن فكرة خطرت بباله هي انه قام بهذه الرحلة التي عدلت مزاجه وأعادت له طموحه.

نعيم ما بعده نعيم

في اليوم الموالي خرج الممثل الشاب في السيارة الخاصة لصاحب الفنادق الذي أخذه في جولة حول تلك الفنادق والمنتجعات واخبره بأنه سوف يخصص له جناحا كاملا مدفوع التكاليف على مدار السنة وان بإمكانه القدوم للاستجمام متى ما شعر بالحاجة لفعل ذلك فالفنادق تحت أمره.

وبعد رحلة جميلة ترك له المجال لأجل الاستعداد للعشاء في قصر صاحب الفنادق وأخبره بأنه حفل خاص وليس رسمي كثير وفيه فقط بعض الأصدقاء.

في المساء كانت العشاء في قصر خاص ومجموعة من الرجال هم كل المدعوين لا يتجاوز عددهم العشرة والممثل الفنان.

وبعد تناول الطعام أخبرهم أحد المدعوين بأن العشاء يوم غد في مكان هو يختار وعلى حسابه فقال آخر بأنه يريد أن يأخذهم الآن في جولة في يخت اشتراه منذ يومين وكان ينتظر أن يخرج فيه لأول مرة مع الأصدقاء فلما لا يكملون السهرة في البحر.

وبالفعل أكملوا السهرة في البحر وأخذوا معهم الكثير من أنواع المشروبات والخمور الفاخرة والثمينة.

لقد كان الممثل مصدوما من كل ما يحدث وكيف أن هؤلاء ينفقون كل هذه الأموال وهو يجري ويلهث وراء تكوين ثروة.

أراد أن يغتم الفرصة ويشرب ما يستطيع ويتذوق أثمن أنواع الشرب.

وفي اليوم التالي استيقظ ووجد نفسه في جناحه في الفندق وعندما سأل الموظف الذي أيقظه اخبره بأن سائق السيد هو من احضره لأنه كان فاقدا للوعي من السكر.

استيقظ وأخذ حماما تناول بعض الطعام حتى حان وقت العشاء فاخره الموظف بأن السيارة في انتظاره.

توجه إلى العشاء فوجد كل المدعوين بالأمس وقد بدأ يكون صداقات معم لأنهم كانوا ودودين كثيرا كما أنهم أصبحوا يتكلمون في المال والأعمال.

وأخبره أحدهم بأنه يريد أن يستثمر بعض الأموال في السينما فربما ينتج له عملا.

لم يصدق الفنان ما تسمعه أذناه وقد كانت أعماله في مرحلة حرجة لقد اعتبر بأن السماء تدعمه وبأن هؤلاء قد صادفهم من أجل أن يزدهر عمله وينجح من جديد.

قرر الممثل الشاب أن يستفيد كم كل لحظة يقضيها مع رجال الأعمال أولئك وأن يستنفذ أكبر قدر من المساعدة منهم.

وهكذا أخبرهم بأنه منذ فترة فقد مدير أعماله ولم يجد شخصا بكفاءته وهذا ما جعله أحدهم يخبره بأن هذا من الأمور السهلة عند رجال الأعمال وسوف يوفر له مدير أعمال محنك متمرس يمكنه أن يساعده ويجعله يلمع أكثر فأكثر.

و.. أحلام كثيرة

أما بالنسبة للأفلام فسوف ينتجون له ويساعدونه ولكن في السر لأنهم لا يفضلون أن تسلط عليهم الأضواء رغم أنهم يحبون دعم الفن.

لقد اتفق معهم على الكثير من التفاصيل وقبل تناول طعام العشاء اخبرهم أحدهم بأن لديه مفاجأة في السهرة.

بعد تناول الطعام وتناول التحلية والاستراحة لعض الوقت والاستمتاع بالرقص والغناء والشراب الفاخر.

أخبرهم ذلك الرجل بأن لديه سلع يجب تجربتها أنها نوع ثمين من المخدرات لقد اخبرهم بأن الخمسون غراما يبلغ ثمنها الآلاف الدولارات وانه قد احضر القليل لتجربتها لأنهم يقولون بأنها تجعل الشخص الذي يتعاطاها يصعد عاليا بين السحب في عالم يجعله سعيدا جدا.

لقد استغرب الفنان ثمن تلك المخدرات ولم يكن في البداية يريد أن يجرب منها ولكنه غير رأيه بعد أن رأى كل المدعوين يتهافتون لتجربتها ويتسابقون على تذوق تلك المادة الثمينة ولأنه كان لديه فكرة أن يجرب كلما هو ثمين ومجاني.

أفاق الممثل الشاب اليوم الموالي في جناحه فكان يضحك كثيرا لأنه علم بأنهم قد أوصلوه إلى جناحه مثلما حصل معه سابقا.

وهكذا كان كل يوم يذهب للعشاء والسهر ويستيقظ في

جناحه في الفندق.

حياة البذخ

وبعد مرور تسعة أيام أرسل له صاحب الفندق يسأله إن كان يريد العودة إلى بلده لأن أحد أفراد عائلته في حاجة للطائرة الخاصة.

أخبره الممثل الشاب بأنه من المقرر عودته يوم غد ولكنه لا ارتباطات لديه يمكنه أن يؤجل السفر.

لقد طلب منه صاحب الفندق أن يؤجل فعلا واخبره بأن الأصدقاء لازالوا يريدون أن يقضوا بعض الوقت معا.

في اليوم الموالي أخذه أحدهم في جولة ليرى أملاكه وبعض الصفقات والأعمال واخبروه بأنهم أحيانا يسافرون معا إلى الدول الأوروبية للتمتع بالسفر معا، فالسفر مع عائلاتهم متعب ومع نسائهم ممل أحيانا لذا يفضلون السفر معا.

كما اخبره بأن أحدهم لديه بيت في إحدى الدول الأوروبية والآخر لديه مزرعة.

لقد كان مبهورا في مدى ثراء هذه المجموعة من الأصدقاء وسعيد في نفس الوقت لأنهم جعلوه واحدا منهم فهم يعاملون كما لو انه واحد منهم حقا.

في السهرة الموالية سأله أحد الأصدقاء عن أحلامه طموحاته.

فاخبره بأن اكبر حلم لديه أن يصبح مشهورا ونجم الصف الأول بل النجم الأول.

سأله أحدهم وقال:

وما هو تفكيرك بالنسبة للزواج؟

فاخبره بأنه لا يفكر به حاليا.

كما انه لا يعرف متى ولا كيف ولا من سيتزوجها لأنه يجب دراسة هذا الموضوع جيدا لأن هذا المشروع سوف يؤثر على سمعته ومسيرته.

اخبره ذلك الرجل بأن يدع له الأمر هو ومدير أعماله لأنه يجب أن يعرف ما يخدم صالحه وعمله.

لقد عرض عليه الرجل مبلغا بملايين الدولارات ودعم فني لا ينتهي مقابل أمر ما.

اخبره بأنه سوف يجعل له طائرة خاصة وقصر هنا وشقة في دولة أوروبية أن وافق على ذلك الأمر.

أخبره بأنه لن يعاني من أي شيء مادام صديقا لهم.

أخبره بأنه سوف يقدم له كل الدعم الفني ويتكفل بكل إنتاجاته الفنية.

العرض الأكثر إغراء

لم يصدق الممثل الشاب ما سمعه، بل وكان يقول في نفسه كل هذه الأمور أنتم مستعدون لتقدينها وما هو الثمن مقابل ماذا.

لا أظن أنني قادر على تقديم شيء مقابل كل هذه الأحلام

كيف وماذا؟

أنا وكلما أملك لا نساوي أي جزء من هذه المكافآت ولا المبالغ الخيالية التي اسمعها.

هل هم حقا يتكلمون أم أنهم يمزحون؟

في نفس اللحظة أجابه الرجل وكأنه كان يسمع ما يقوله الممثل الشاب في سره وقال له:

أنا لا امزح ونحن لا نمزح

الأمر جدي وسري ويجب أن لا يعلم به أحد

المقابل هو أن تصبح صديقي الحميم وصديقنا جميعا

نريد أن نقضي أوقاتا مليئة بالرقص والغناء ويمكنك التمثيل أمامنا أيضا.

لم يفهم ما معنى صديقي الحميم فقال لها:

أو لسنا أصدقاء؟

قال له

لا أنا اقصد صديقي الحميم هل تفهم؟

أنا وأنت أصدقاء ولكن في السر

أريدك أن تصبح رفيقي وحبيبي وان لا يعلم أحد بذلك

لقد فهم الممثل ما قصده الرجل ولكنه لم يجد ما قد يقوله

فقال له الرجل:

لا تقلق الأمر ليس سيئا نحن متعودون على ذلك وسوف تصبح سعيدا معنا.

خذ وقتك وفكر جيدا وتذكر بأنك عندما تصبح صديقنا كل ما نملكه يمكنك الاستمتاع به.

ثم قال له هيا بنا لكي أوصلك للفندق وفي الطريق طلب من السائق أن يتوقف أمام أحد قصوره وعندما توقفا طلب من الممثل النزول.

كان الممثل يشعر ببعض الخوف لأنه لم يكن معجبا بتلك الفكرة وأيضا لم يحبذ أن ينزل من السيارة.

لكن الرجل اخبره بأنهما لم يبقيا لأكثر من خمس دقائق.

عندما دخلا راح الرجل يستعرض القصر ويخبر الممثل كم يوجد غرفة وجناح وحمام وأيضا اخبره عن حجم حمام السباحة الخارجي وحمام السباحة الداخلي.

وبعد استعراض الممرات الأمامية والخارجية والمرآب الذي فيه ثلاث سيارات من أرقى نوعيات السيارات.

اخبره كم يبلغ ثمن هذا البيت، انه مبلغ خيالي ولا يمكن توقعه، ثمن البيت يفوق كلما جمعه الممثل في حياته، بل هو يفوق مبلغ عشرة أفلام بطولة مطلقة بالسعر الذي كان يضعه لنفسه أمام الإعلام.

ثم أعطاه ملف أوراق في يديه وقال له:

هذه أوراق هذا القصر وسوف يصبح باسمك فور موافقتك على عرضي.

أنا فعلا أريد معنا في مجموعتنا وأريدك معي في حياتي ولن ينقصك شيء ما دمت حيا.

أعطاه الملف وقال له هيا بنا فكر في جناحك في الفندق وإذا كنت موافقا يمكنك الانتقال على الفور إلى قصرك بعد أن توقع على الوثائق التي بين يديك.

لا تستعجل فكر بتروي.

عاد الممثل إلى جناحه في الفندق وهو يفكر في الأمر، كان الأمر غير معقول في البداية ولكنه عندما فتح الملف الذي أعطاه له الرجل وجد أن البيت فعلا بذلك الثمن الضخم.

لم يصدق كيف أن هذا البيت قد يصبح له، هذا غير معقول.

إن كان يريد المال بإمكانه الاكتفاء بهذا البيت وان يعيش هنا ثريا ويمكنه أن يحقق أحلامه التي لطالما كان يحلم بها.

لقد كانت كل الطرق مفتوحة أمامه، كان بإمكانه أن يحصل على ما يريد فقط بإشارة من إصبع يده.

في الأمر الكثير من الإغراء ولكن هل يوافق على ذلك الأمر المشين المعيب.

لو سمع أحد عن هذه الأمور سوف يفضح أمره حقا، إنه سوف يعيبه في مجتمعه الشرقي فمجتمعه لا يفهم هذه الأمور بل يحاربها وسوف يخسر جمهوره وكل الشركات الإنتاجية لن تساعده ولن تتعاقد معه بعد اليوم انه أمر كبير ولا يجب أن يستهين به.

فكر كثيرا ولم يغمض له جفن في تلك الليلة كلما كان يفعله هو تأمله لتلك الوثائق وتأمل ذلك المبلغ الذي هو ثمن البيت والشيك المرافق والرصيد وأيضا كل تلك

الأحلام التي قال له الرجل بأنه سوف يساعده على تحقيقها إن وافق على ما طلبه منه.

في اليوم التالي أرسل في طلبه صاحب الفنادق لأنهم كانوا مدعوين للعشاء والسهر في بيت صديق آخر لكنه تحجج بالمرض وانه سوف يلازم جناحه ولا يريد الخروج.

في المساء متأخرا وصله طرد إلى جناحه في الفندق وعندما فتحه وجد شريطا وعندما فتحه وجد بأن أولئك الأصدقاء كانوا يقومون بتسجيل كل السهرات حيث يتناولون الشراب ويرقصون ويتعاطون المخدرات.

لقد كانت السهرات مليئة بالمزاح والسفاهة والرقص
والغباء.

فهم سكارى وكانوا يتعاطون المخدرات فما الذي
سيصدر عنهم في سهرة كتلك.

لقد كانوا يقومون بأفعال مشينة ويقومون بتصويرها

لقد فجع بما رآها لم يكن يعتقد بأنه كان يفعل مثل هذه
الأمور وهولا يتذكر ولكنه الآن يري بعينيه على
الشاشة.

وبعد أن رأى ما لم ينل إعجابه لاحظ ورقة في الظرف
الذي وصله، وعندما فتحها وقراها وجد عليها ما يلي.

المشاهد التي رايتها هي دليل ضدك على ما كنت تفعله
ويمكننا أن نبثها على كل الشاشات.

إن أردت أن تصبح عدوا لنا فسوف نفضحك أمام جمهورك.

وان أردت أن تفضح ما طلبته منك وان كان في نظرك أمرا سيئا سوف ترى كيف يمكنني أن أدمرك.

أمامك حل واحد.

إما أن تصبح صديقي وصديقا لنا وتصبح واحدا منا وأنت قد رأيت بعينك كيف أنك كنت تستمع بالأمر أنت نفسك وإما فلتودع سمعتك وجمهورك.

(وكان يقصد بالصديق صديقا حميا وعلاقة محرمة)

لا خيار أمامك إما الجنة أو جهنم

السماء أو الحضيض

اليوم على العشاء انتظر جوابك وسوف تقلع بك الطائرة بعد العشاء مباشرة.

وعندما احتاجك أو أريد رؤيتك إن أصبحنا أصدقاء سوف تصبح هناك طائرة خاصة تحت آمرك وسوف تنتظرك مفاجآت كثيرة.

نلتقي مساء.

في ذلك المساء توجه الممثل الذي حزم أمتعته للسفر إلى العشاء ووضع الحقيبة في السيارة.

على العشاء لم يجد بأن ذلك الرجل فد أتى بل اعتذر عن العشاء ولكنه قال لصاحب الفنادق بأن يأخذ ملف الوثائق من الممثل الشاب.

كان الشاب قد فكر في الموضوع من كل جوانبه الأرباح والمال والشهرة المتوقعة، والقوة وأيضا فكر

في الخسارة والخسائر والفضائح والتهديد الذي تعرض
له.

لقد فكر كثيرا ووجد باه لا يوجد شيء قد يخسره بل
يوجد ما يستطيع أن يربحه لذا فقد وافق على الأمر.

لما لا

كان يفكر ويقنع نفسه ويقول:

لما لا

عندما اخبر صاحب الفنادق بالأمر فرح كثيرا
واحتضنه وقال له لقد أصبحت واحدا منا، أنا سعيد بك
أن دخلت في مجموعتنا أهلا وسهلا بك معنا وبيننا
هيا وقع على أوراق بيتك واخبري ما الذي تريد لكي
أحققه له.

كلنا ندعمك.

قال له أريد أن أوقع فيلما سينمائيا من بطولتي وأريد أن يكتبوا أنني تقاضيت مبلغا لم يتقاضى قدره أحد قبلي، أريد أن ترافق الفيلم حملة إعلانية ضخمة.

قال له صاحب الفنادق:

احلم ونحن نحقق لك أحلامك

ما عليك إلا الحلم

لا تقلق سوف اجعل مدير أعمالك الجديد يجهز لك كل الأمور اللازمة.

اسمع الفيلم سوف يخلق من أجلك والقصة والسيناريو على مقاسك بالذات.

واعلم بأن صديقك قد جهز لك مفاجأة في بلادك سوف تجدها أول ما تصل إلى هناك.

وبدأت تتحقق الأحلام

عندما وصل الممثل الشاب إلى بلاده وجد سيارة فارهة تنتظره وسائق أخبره بأنه سوف ينقله إلى بيته الجديد

وبعد اقل من ساعة وصل السائق ومدير الأعمال والممثل الشاب إلى أكبر وأجمل بيت إنه قصر وليس بفيلا ولكنه قصر أكبر من البيت الذي اشتراه الممثل الشاب لأول مرة بكثير اكبر منه بكثير.

لم يصدق الفنان ما يحصل معه لقد قال بأنه هذه الجنة فعلا مثلما قالوا له سابقا.

وهكذا ما إن وصل إلى ذلك البيت الضخم حيث استقبله عدد كبير من الخدم الذين كانوا يحملونه على أيادي الراحة.

لم يسبق أن استقبله الخدم أمام الباب بهذه الطريقة وحملوا عنه كل أشياءه حتى معطفه نزعه عنه أحد الخدم وكانوا يرشدونه إلى حيث يجلس ويستعرض أمامه كل المميزات في ذلك القصر الكبير الذي كان تقريبا بعيد بعض الشيء عن المدينة لأنه له مساحة كبيرة من كل ناحية تحيط به وحديقة كبيرة.

كان القصر يشبه إلى حد كبير القصر الذي امتلكه في تلك المدينة الذي وقع أوراقه قبل مدة بسيطة.

لقد أصبح لديه قصران في لمحة بصر

هل يعقل هذا؟

لم يكن يعتقد الممثل الشاب إن مثل هذه البيوت موجودة هنا في بلاده.

وهكذا بعد أن استقر لأقل من ساعتين حتى جاء مدير اعمله واخبره بأن لديه اجتماعا طارئا.

لقد كان كل شيء حقيقي، لم يكن الفنان يعترض على كلما يقوله له مدير أعماله الراحل وقد تعود أن يسمع كلام مدير الأعمال إن كان مديرا متمرسا لأن ما يقوله دائما صواب.

كان الاجتماع جيدا ومفيدا لقد أحضر مدير الأعمال أشخاصا لكي يقوموا بكاتبة القصة والسيناريو للفيلم الجديد وأخبر الفنان بأن لديه الحرية لكي يغير ما لا يعجبه.

لم يكنوا ليكتبوا القصة والسيناريو فروا بل كانوا فقط يظهرون له مدى جديتهم وأنهم يفعلون ما يقولون يحققون المستحيل في ثانية.

لقد اتصل عليه أصدقائه من البلاد الأخرى لكي يطمئنوا إن كان سعيدا.

كان في الاجتماع أيضا رجل آخر وهو المسئول عن الإنتاج، الشركة الإنتاجية هي بتمويل الرجل الذي أهداه القصر.

أخبره الرجل بأنه يحمل اقتراحات لكل الممثلين وان الرأي الأول والأخير للممثل لاختيار كل طاقم العمل.

لقد شعر الممثل الشاب بأنه في جنة بالفعل.

كيف أن أصبح في هذا المركز ويتمتع بكل هذه القوة بين ليلة وضحاها.

في اليوم الموالي وصلت سيارة إلى قصره سيارة كبيرة وتحمل بذلات إيطالية وتركية لأشهر الماركات وكان معها المسئول عن المقاس.

لقد حاولوا أن يرسلوا له على مقاسه بالتقريب حيث يمكن أن يستنتج المسئول عن المقاس المقاس للشخص من صوره ولكنه رافق البذلات لكي يتأكد من صحة المقاس.

لقد جهزوا له خزانته بأرقى الملابس وأشهرها والأحذية والساعات والإكسسوارات.

الإكسسوارات منها فولارات وربطات عنق مختلفة
ومميزة وقبعات وأمور كثيرة لا يعرف الجميع عن
وجودها في عالم أزياء الرجال.

بدأت الحملة الإعلانية قبل أن يبدأ التصوير وأصبحت
أخبار ذلك الممثل الشاب على كل القنوات.

أخبار عن فيلمه الجديد الذي سوف يتم تصيره في أكثر
من بلد.

أخبار عن المبلغ المقدم له من أجل الفيلم.

أخبار عن الممثلة التي ستقف أمامه في دور البطولة
والتي لازالت مجهولة الهوية.

كل القنوات تناولت أخبار ذلك الفنان وكأنه عاد للساحة
بعد غياب وعاد بقوة.

وهكذا بدا الفنان يحصد المجد وقد أصبح يتردد على تلك البلاد كثيرا، كلما وصلت إليه الطائرة الخاصة طار في اتجاه تلك المدينة التي يدين لها بالكثير.

لقد كان الفنان يرقص ويلبس ملابس الراقصات ويضع الماكياج ولأنه ممثل كان بإمكانه أن يتقمص دور راقصة بكل سهولة كما انه كان يجيد التقمص.

كان يجعل رفقاءه يضحكون كثيرا وهو يرقص ويتميع كما تفعل النساء.

لم يكن الفنان جميلا في هيأة امرأة ولكنه كان لينا ويتكلم مثل النساء بشكل جيد كما أن الشعر المستعار والماكياج كان لهم دور كبير في جعله رائعا بالشكل الذي يراه رفقاؤه.

كلما ضحك واو صفقوا له أراد أن يجعلهم سعداء أكثر وأراد أن يبذل لأجلهم جهدا اكبر.

لقد كانوا يجعلوه يسبح في المال كلما أصبحوا سعداء

ليس المال فقط بل المال والشهرة

كان الرفقاء رجال أصحاب مال ونفوذ وقوة

كان الممثل الفنان يريد أن يحتل الصفحات الأولى للجرائد والمجلات وكلما ظهر خبر لأي ممثل شعر بالغيرة فأراد سحقه.

لقد كان يستطيع فعل ذلك بكل سهولة لأنه وكما وعده صديقه أول مرة يمكنه أن يحقق أي حلم بإشارة واحدة من إصبعه.

إشاعات لجذب النجاح

وبعد مرور سنتين على هذا الحال

أصبحت هناك موضة جديدة، في عالم الفن كل شهر يحتل أحد الممثلين الذين لم تعد أعمالهم صدى كبير الصفحات بأخبار من نوع آخر.

حب وعلاقات وزواج.

هذا الأمر لم يعجب الممثل الشاب الذي كان يحتل اغلب الصفحات بأخباره الفنية واعتبر بأن هؤلاء

الفنانين يحاولون استفزازه بهذا النوع من الأخبار ويحاولون شد الأنظار إليهم وسرقة الأضواء من نجاحاته إلى "تفاهاتهم" كما كان يقول عن أخبارهم العاطفية.

لقد شرح الأمر لصديقه واخبره بأنه متضايق مما يفعلونه لشد الأنظار.

سخر منه صديقه وطلب منه ن يصعد على متن الطائرة الخاصة وان يلتقي به في قصرهم.

عندما التقى به قال له لا يوجد ما يجعلك تشعر بالسوء أنا معك نحن معك لا توجد قوة في الأرض يمكنها أن تفسد مزاجك.

وبينما هما يتكلمان جاء مدير الأعمال وقال لصديق الممثل بأنه قد جهز كلما طلبه منه.

تساءل الممثل عن الأمر الذي كانا يقصدانه لكن الصديق اخبره بأنه قد جهز له مفاجأة وسوف يكشفها له في السهرة بعد العشاء مع الأصدقاء.

في تلك الليلة وبعد تناول أشهى الأطباق والأطعمة وجاء دور السهرة مع بعض المشروبات الخفيفة لأنهم كانوا لا يزال لديهم عمل ولا يريدون أن يسكروا ويفقدوا العقل.

طلب أحد الأصدقاء من الممثل الشاب أن يلبس ملابس الراقصة لكي يرقص لهم قليلا.

وبعد وصلة رقص جلس الفنان بجانب صديقه الذي طلب منه الجلوس.

وأعطاه ألبوما من الصور لممثلات من أشهر الممثلات الشابات واخبره بأن يختار أيهن لكي يكتبوا في المجلات أنها حبيبته.

تساءل الفنان وقال هل سترضى أي من هؤلاء بأن يكتب عنها أنها حبيبته ربما ترفع عليه قضية للتشهير بها

اخبره صديقه بأن لا يقلق فكل هؤلاء الفنانات هن صديقات لهن وراقصات وهم أولياء نعمتهم.

هل تصدق بأنهن نجمات أو تدفع لهن تلك المبالغ؟

هل تصدق بأنهن يستطعن ركوب طائرة خاصة لولا أنهن صديقات لنا؟

إنهن لا شيء

نحن من صنع معظمهن ونحن من نسهر على سمعتهن

لقد صدم الفنان واليوم فقط عرف كيف أن كل هؤلاء الفنانات قد حققن شهرة

يبدو أنه كان غبيا

كيف كان سوف يخسر كل هذه النعم لو انه لم يوافق على أن يصبح رفيق ذلك الرجل.

كان يشعر بالحقد على أولئك الفنانات وفي نفس الوقت يحمد الله على أنه تصرف بشكل صحيح حين وافق ووقع الأوراق ودخل الجنة من أوسع الأبواب.

قرر الممثل أن يجعل إحداهن صديقته ثم تراجع وقال في نفسه سوف تكتسب شهرة بفضلي.

فقرر أن يجعل أكثر من واحدة حبيبة له.

كأنه يصادقهن وينفصل عنهن.

لقد أعجبته هذه اللعبة ولعبها لمدة ثلاث سنوات حتى أصبح يعرف بأنه زير النساء ولا تسلم أية ممثلة منه.

ولكنه في الأخير فقدت هذه الإشاعات رونقها وبريقها.

وأصبح بعض الممثلون يظهرون بأخبار من نوع آخر.

لقد كان الممثلون الفاشلون مهنيا يخترعون أنواع كثير من الأخبار الأخرى كالأخبار العاطفية السفر والزواج الإنجاب لكي يغطوا عن فشل أعمالهم أو قلة الأعمال أيضا.

في هذه الفترة ظهر نوع أخبار جديد وهو الإنجاب أصبح الممثلون يتسابقون من ينجب ومن أنجب.

كان الممثل الشاب يصدر أخبارا فقط عن الحب والعلاقات العاطفية المتنوعة ولم يكن يذكر الزواج مطلقا فكيف قد يذكر الإنجاب.

وعندما صارح صديقه أخبره بأن الأمر سهل وبما انه لم يصدر إشاعات عن أية حبيبة من الفنانات منذ مدة لانشغاله بفيلمه الجديد فهذه فرصة لكي يصدر خبرا صاعقا للجمهور انه خبر سوف يعتبر قنبلة الموسم.

اخبره بأن مثل هذه الأخبار سهل إصدارها وتناولها وهم جيدون في فعل ذلك.

لم يعد الفنان الشاب يصدم مما يقوله له صديقه فقال له الصديق سوف احضر لك كتالوجا للخادمات اللواتي هن في قصورنا لكي تختار إحداهن.

لدينا خادمات جميلات من كل الجنسيات وبكل اللغات واللهجات وبكل الأعمار وبكل الأشكال، شقراوات سمراوات.... يمكنك أن تختار من تعجبك أن تقف بجانبك في صورة وسوف نخترع لها سيرة ذاتية كما نحب ونقول بأنها زوجتك.

سوف نصدم الجمهور بأنك تزوجت في السر وسوف ترزق بطفل.

حان الوقت لقنبلة من العيار الثقيل أشهر ممثل شاب أعزب تزوج سرا بعد علاقة حب، تزوج فتاة من خارج الوسط الفني لأنه اكتشف بأن كل علاقاته بالفنانات لا تنجح فاختار فتاة من خارج الوسط.

يمكننا أن نكتب مانشيتا جذابا وخبرا نقوم بصياغته كما نريد.

وأيضا يمكننا أن نرفق الخبر بصورة لزوجتك المجهولة ونعطيها اسما وهوية.

وإذا أردت نجعلها تلبس ملابس فضفاضة وبطنا مزيفة ونكتب بأنك تترقب وصول أول طفل لك.

وهكذا نشد الجمهور ونجعله يتشوق لولادة المولود الذي سوف يمكنك من كتابة أخبار جدية ويجعلك تتطور.

كولادته أول مرة ينطق أول مرة يمشي سوف تعيش معه أخبار كثيرة على الشاشات والمجلات.

الممثل الشاب:

ومن أين نحصل على الطفل؟

الصديق: (وهو يضحك)

لا تقلق

هذا من أسهل الأمور

الأطفال متوفرون بكثرة يمكنك أن تختار أيضا إن أردت ويمكنك أن تتبناه فعلا.

كان تتركه يعيش عهنا في القصر مع مربية أو يمكنك أن تأخذه معك أحيانا لدينا الكثير من الصبيان وسوف يكون لدينا أكثر.

سوف تكون لديك حياة أمام المجتمع إن أردت فقط اشر بإصبعك.

لقد أعجب الممثل الشاب بالأمر وقرر أن يخوض التجربة وان يسير وفق تدفق النهر دون انحرافات.

لقد حقق الممثل الشاب كل طموحاته وأصبح لديه امرأة في حياته، أحيانا ترافقهم تلك المرأة مع بعض الخدم إلى الجبال حيث الثلوج ويتم التقاط بعض الصور لها مع الفنان لكي يسرب الصور من رحلة رومانسية مع زوجته وحبيبته.

هذه الأمور تحدث فقط أحيانا لأنه كان يحب أن يحافظ على عائلته بعيدا عن الأضواء.

حكم النرجسية

وبعد مرور عشر سنوات مرض الصديق كثيرا وقال الأطباء بأنه لن يعيش كثيرا.

عندما علم الصديق باقتراب وفاته لم يكن يصدق أن يترك الممثل وراءه ويموت هو.

فقرر الصديق أن يأخذ الممثل الشاب معه في رحلة الموت.

لقد كان يعشقه ولا يستطيع أن يتخيل أن يعيش وراءه.

رغم انه كان يحبه ويحقق له كلما يتمناه ويجعله سعيدا
إلا انه قرر أن لا يتركه خلفه.

رغم انه كان "الصديق" يمتلك أمام المجتمع زوجة
وأولاد وربما في تلك المرحلة أيضا كان لديه أحفاد إلا
انه كان يعيش السعادة مع صديقه وليس مع عائلته
وزوجته.

لم يكن يريد ذلك الصديق أن يقضي باقي أيامه مريضا
ولا أن يبقى طريح الفراش بين زوجة وأولاد لا
يحبونه، فقد كان يشعر بأنهم لا يحبونه.

لقد أراد أن يقضي ذلك الشهر المتبقي مع صديقه
الحميم.

فقام بتأجير بيت في بلد أوروبي وقال للممثل بأنه يريده
برفقته حتى يلفظ آخر أنفاسه.

ولكنه لم يكن في الحقيقة كذلك.

قضى معه أسبوعا ثم قام بدس السم له في كوب شاي.

وقام معاونون بأخذ جثة الممثل الشاب ورموا بها من أعلى منحدر.

وبعد ذلك انتشلوها واخبروا بأنه سقط وتوفي.

تصر الممثل بموته الأخبار أيضا.

وتوفي صديقه بسلام بعد أن دفن أسطورة الغلملك قبيل وفاته.

لقد صنع أسطورة الغلملك وهو أيضا من أنهى حياته

لقد كان أشهر غلام لديهم

وأشهر ممثل على الشاشات والأكثر جمهورا أيضا الألمع والأنجح بين جيله

والأكثر مشاهدة على القنوات واليوتيوب

وأيضا الذي يحصد اكبر عدد من الجوائز المحلية
والعربية.

Sommaire